中国梦 中大情

——三行情书集

李庆双 ◎ 主编

你唱最炫民族风，
我做美丽中国梦，
同心共筑新长城。

中山大学出版社
SUN YAT-SEN UNIVERSITY PRESS

· 广州 ·

版权所有 翻印必究

图书出版编目（CIP）数据

中国梦 中大情：三行情书集/李庆双主编．—广州：中山大学出版社，2015.7

ISBN 978-7-306-05280-3

Ⅰ．①中… Ⅱ．①李… Ⅲ．①诗集－中国－当代 Ⅳ．①I227

中国版本图书馆CIP数据核字(2015)第131108号

出 版 人：	徐　劲
策划编辑：	赵　婷
责任编辑：	赵　婷
封面设计：	林绵华
装帧设计：	林绵华
责任校对：	章　伟
责任技编：	何雅涛
出版发行：	中山大学出版社
电　　话：	编辑部 020-84111996，84113349，84110779，84111997
	发行部 020-84111998，84111981，84111160
地　　址：	广州市新港西路135号
邮　　编：	510275　　传　真：020-84036565
网　　址：	http://www.zsup.com.cn　E-mail:zdcbs@mail.sysu.edu.cn
印 刷 者：	广州家联印刷有限公司
规　　格：	787mm×1092mm　　1/32　　4.875印张　　98千字
版次印次：	2015年7月第1版　2019年12月第2次印刷
印　　数：	1501～2000册　　定　价：22.00元

如发现本书因印装质量影响阅读，请与出版社发行部联系调换。

学生原创作品"逸仙林"丛书编委会名单

顾　问　颜光美

主　任　漆小萍

副主任　陈昌龄　林俊洪　钟一彪

编委会成员（按姓氏笔画排列）

丁小球	王　帅	王　毅
王燕芳	甘远璠	曲　翔
任　虹	许俊卿	李庆双
李春荣	李晓超	吴长征
余立人	张远权	张斯虹
陈　方	陈征宇	陈建存
陈省平	陈　凌	杨东华
杨德胜	罗　晶	罗　燕
岳　辉	周　昀	荐志强
殷　敏	郭　燕	黄　诚
黄　涛	黄勇平	曹　新
龚　婕	梁洁瑜	潘云智
谭英耀	戴红晖	戴怡平

本书编辑部名单

主　编　李庆双
成　员　于灵子　李　茂　黄秋瑶
　　　　　卢凯文　文嘉欣　麦晓雯
　　　　　陈钇瞳　陈晗嫣

目　录

序　　言 / 1

夜话大学之以三行情书读"诗意的人生" / 3

最有才情的党委副书记李庆双 / 5

共筑中国梦 / 1

践行价值观 / 15

关键词一：富强 / 17

关键词二：民主 / 22

关键词三：文明 / 25

关键词四：和谐 / 29

关键词五：自由 / 33

关键词六：平等 / 38

关键词七：公正 / 41

关键词八：法治 / 45

关键词九：爱国 / 50

关键词十：敬业 / 57

关键词十一：诚信 / 63

关键词十二：友善 / 70

心怀中大情 / 77

（一）学生作品 / 79

（二）教师作品 / 102

（三）留学生作品 / 110

（四）卓越记者的三行诗心 / 124

（五）校友作品
　　　——博学樱花感恩园三行情书 / 127

后　记　以文育人，以媒化人 / 137

序　言

　　《中国梦　中大情》一书汇编了关于"中国梦"和"中大情"等有关三行情书的优秀作品，也包涵了社会主义核心价值观新格言观止征集大赛的学生佳作。这本书，就内容而言，主题积极向上，体现了家国情怀和爱校情结；就形式而言，用精短的诗歌和格言方式来表达宏大的主题，显得生动活泼，易记易传播，能产生非常好的宣传和教育效果。

　　我欣喜地看到，传播与设计学院的学生工作在围绕国家和学校大局和服务学生等方面，做了积极和有益的探索，也取得了丰硕成果，在校内外产生了广泛影响。特别是他们所开展的三行情书活动，已成为学校一张闪亮的名片和校园文化品牌，"情传中国梦"三行情书活动之所以能荣获广东省校园文化建设优秀成果特等奖，也是对他们工作的充分肯定。我曾听取过传播与设计学院关于开展学生活动和校园文化建设的情况汇报，参观过他们举办的关于"中国梦"和社会主义核心价值观优秀作品的展览及现场表演和颁奖活动，这些活动的丰富性和影响力，给我留下很深的印象。

　　由此，我想到的是，一个好的学生活动品牌要包涵三个要素：一是要有好的活动主题，主题要鲜明和积极向上，要体现家国情怀和爱校情结。当前，特别要围绕学习和宣传中国梦和社会主义核心价值观以及"立德树人"这一宏大主题来引领和教育学生。二是活动的效果要能达到"以文化人、以理服人、以情感人、以美育人"。"以文化人"是习近平总书记一再强调的,即用文化的方式,包括文学和艺术的表现手段,来生动活泼地表达我们的所思所想,耳濡目染地去影响人。文学和艺术的表达形式,往往具有美的力量,可以达到"以美育人"的效果,自然也可以"以情感人"和"以理服人"。三是要学会运用新兴的传播媒介来做学生思想政治教育工作。现在的青年大学生都是在网络文化和新媒体环境下成长起来的,他们擅长使用新媒体和网络语言进行对话和交流,因此,学生工作者也要学会用微博、微信等新兴媒介形式和微语言来武装自己,否则,我们就丧失了与学生对话的平台和阵地,也无从对学生进行教育和引领。

传播与设计学院用三行情书和格言等微语言形式,借助新媒体来开展学生活动,恰好回应和符合了我上面所谈及的三点要素,值得充分肯定和推广。这本书的正式出版,既是传播与设计学院学生工作阶段活动成果的集中展示,也可以为全校学生工作的活动开展起到示范和先行作用,希望今后的学生活动能开展得更加生动活泼,取得更多更好的活动成果!

颜光美

2015年6月16日

序 言

夜话大学之以三行情书读"诗意的人生"

中山大学南方学院学工通讯社 黎依琳

5月14日晚,"夜话大学"第六期在5教105隆重举行,被誉为"最有才情的党委副书记"的中山大学传播与设计学院党委副书记李庆双博士,作了主题为"诗意的人生与大学生活"的讲座,与同学们分享了他与诗,特别是与三行情书的不解之缘。

讲座开始,这位"因为情怀而幸福"的诗人,身穿米白色印着几只墨色鱼的对襟长衫,以诗的语调讲述了对大学生"诗意人生"的期许。李书记首先简单介绍了三行情书在中国大陆特别是高校传播、兴盛的历程。他说道:"它只有三行,好创造,也很好传播,符合现阶段微时代的特征,所以大家会比较喜欢。"他在展示自己的三行情书的同时,还呼吁身边的人写诗,并向校园外、社会中扩散。"学校光传授知识是不够的,学生还要有精神气质,更要有对母校、对社会、对世界、对身边每一件事情的爱。"这是他推广三行情书的初衷。

讲座中,李庆双书记布置下了"一,二,三"、"红墙,绿瓦,芳草地"等题目,请同学们共同参与创作。以外国语言文学系2013级张燕婷同学为代表的"才情"学子,即兴创作了多首三行情书与李书记互动,这些诗歌将被编入李书记即将出版的三行情书集中。

讲座结束后,同学们纷纷和李书记合影留念。

三世烟火的迷离，
换低笑两相不语的默契，
回首却空余孤灯一支，伊人不在。
——外国语言文学系 2013 级　张燕婷

一往情深，
换得两行清泪，
痴心终抵不过三心二意。
——公共管理学系 2014 级　许枫

邂逅的三地——绿瓦下，红墙前，芳草地，
二个人，
我和你说一辈子。
——公共管理学系 2013 级　夏宪鹏

谁说落红是无情，
留得春色沁人心，
爱你没原因。
——文学与传媒系 2014 级　林墅

你是资产，我是负债；
在资产负债表里，
我们永结同心。
——会计学系 2014 级　曾鸣

最有才情的党委副书记李庆双

凤凰花开，诗情往来

"我喜欢诗，因为中国是诗的国度，诗是中华文化最凝练的表达。"中山大学传播与设计学院党委副书记李庆双是个爱诗的人。因为"诗歌虽短，但是精悍"！能够很好地表达人的情感，且朗朗上口。"我们是传播与设计学院，当然要跟上时代的节奏，诗，特别是三行诗在校园是很有潜力的。"

作为中山大学传播与设计学院的党委副书记，他在每年的迎新及送旧会上，都会亲自朗诵他为新生或毕业生做的诗。"送你，去个陌生的地方，在风雨的路上，但愿能陪你一程，写下爱的祝福。不为别的，只为早日重逢。"（节选自《送你》）短句言辞间透露出师者对后辈学子的殷殷期盼。

2012年送旧会上，李庆双书记深情朗诵这首《送你》，给学院2008级的毕业生留下了深刻的印象。有人在微博上这样写道："珍重已千百遍在萦绕，离去的催促让我们跨出校园，一首《送你》是中大给我最后的呼唤。"满满深情，溢于言表。李庆双希望用一首自己写的诗，让新生感受到未来四年所在学院的文化；再用一首诗，送走即将离开的毕业生们，希望他们记得母校的爱。

寄情于诗。每年的九月与六月，喧嚣中，还有这份脉脉深情的吟唱。

三行小字,内蕴绵长

在中山大学,一说起李庆双,大家第一个反应便是"三行情书诗人"。他笑着说:"说我是三行情书诗人太狭隘了,长诗、散文我也擅长哦!"但为何唯有"诗人"身份被人深深记住?究其原因,是他作为主要发起人举办的"三行情书"大赛在中山大学深入人心。在李庆双看来,三行情书,由于它的篇幅简短,以及易写、易记、易传播的特点,近年来受到许多高校的热捧。但很多学校还是停留在学生自主创作上,题材生活化;比赛也限于作品收集、形式单一的层面上。

但李庆双所理解的三行情书以及"三行情书大赛"可就是不同的构想了。"'情书'中的'情',并不局限于男女情爱中的情。小有爱情、亲情,大之则是校情、乡情,再放开去还有对祖国和世界的热爱,这都是'情'能容纳的世界。"当你将眼界放诸四海,就会发现世界在你脚下;当你情纳百川,就会发现诗歌无处不在。且站在不同的主题、不同的高度创作,眼界也是不同的。他说:"习近平总书记强调'以文育人'、'以文化人'、'以文服人',其实这就是我们追求中华文化和诗词之美的根源,用文化来凝聚和汇集才智,用文化将年轻一辈的心聚拢。"只有让生活变得诗意,才能用不同的眼界描绘点滴的精彩。

出口成诗,当生活有诗,你便是诗人。

成林育树，我的才情你的风景

主题的升华，只是李庆双对于三行情书突破的冰山一角。"三行情书"比赛在他的手中，变得不仅仅是一个比赛。"如果诗歌被禁锢在一个时间段、一场比赛中，那它只不过是案头的几点墨迹，是死的。"李庆双在不断地累积经验，他让三行情书形成自我运转的"公益生态链"。

通过比赛，将同学及教师的优秀作品集结成书，以书本为载体对外宣传和推广中大的人文情怀；再者，李庆双主力推出"三行情书林"，将优秀的三行情书作品悬挂在中山大学东校区的绿化带上，"我要争取让东校区每一处都有诗，而且这也是离去学子对母校的一种牵挂，多少年后他回来，仍可以找到当初在中大留下的印记。"李庆双甚至鼓励学生对三行情书进行文化产品的开发，"将作品制作成书签、文化衫，饱含中大学子的创造力，筹集的同时也为'公益生态链'储备运营资金，实现公益与创意的高度匹配。"

但其中最令人心动的是那深植在东校区的一片情意——三行情书林。对于这片"诗林"，李庆双有着自己的考量。"大学城校区作为一个仅有十年历史的新校区，在硬件设施上是无可挑剔的，但是软文化上却是缺失的。"能为这片文化的荒地种下一株情怀的幼苗，精心栽培、细心呵护，李庆双是愿意的。"文化这个东西不能着急，不能硬搬过来，只能慢慢沉淀。看着南校百年的红砖绿地，享受着宁静的气息，你就知道现在的坚持，我的下一辈或是再下一辈会感受到。"所以李庆双选择将情书刻录名牌，挂在树上。"我们把学生写的情书挂出来，能够以情动人，也能成为一道新风景。让树长出文化！"李书记把自己喜爱的中国传统文化融于工作之中、校园之内，带着同学们一起感受传统文化的魅力，真正做到"以文服人"。育人亦如此，十年树木，百年树人，对于学子的培育也常在点滴之间。李庆双用点滴的心力，用时间浇筑着中大莘莘学子。

情怀成林，美言深仝，新城不荒。

我们会无比地怀念此刻，
相信我走过的长路，光荣与梦想，
就在身后，就在远方。
——致母校 林海

《广州青年报》 陈瑾 张繁玲
2015年5月15日

共筑中国梦

Gongzhu Zhongguo Meng

我们都有一个中国梦
李庆双

我们都有一个中国梦,
小平说:我是中国人民的儿子,
我深情地爱着自己的祖国和人民。

我们都有一个中国梦,
习近平说:无论我走到哪里,
永远是黄土地的儿子。

我们都有一个中国梦,
艾青说:为什么我的眼睛常含泪水,
因为我对这土地爱的深沉。

我们都有一个中国梦,
舒婷说:那就从我的血肉之躯上去取得,
你的富饶,你的荣光,你的自由,
——祖国啊,我亲爱的祖国!

我们都有一个中国梦,
我说:每个炎黄子孙,无论你身在何处?
请在浑厚的黄土地下深深系住民族的根,
在梦想的天空上高高扬起自己的魂。

3

共筑中国梦

壮我黄河激荡腾祥龙,
阔我黄土万里播种复兴梦,
饮我黄酒一杯华夏子孙欢乐同!
——杨政民

青花、白底、彩釉,
甲骨、楷篆、颜柳,
你的文化,温婉内敛却也浓烈如酒。
——J.X

林俊洪©摄

高楼远眺,天涯路飘飘,
星月皎,碧树凋,半杯秋凉听枝摇,
人也飘飘,梦也飘飘。
——王楷聪

是有多么喜爱,梦中嫣红开遍的异彩,
于你,万语千言却是如尘埃苍白,
静待盛开,必是不羁的澎湃,撼人心海。
——刘盈影

林俊洪◎摄

5
共筑中国梦

我愿挽着你的手做个安恬的梦,
鞭着时间的罡风,望着彼岸花开,
一路为你擎起希望的灯火。
——高悦

红,是你夕日的鲜血,
红,是你今朝的明霞,
红,亦是吾心的色彩。
——卿容

罗益文◎摄

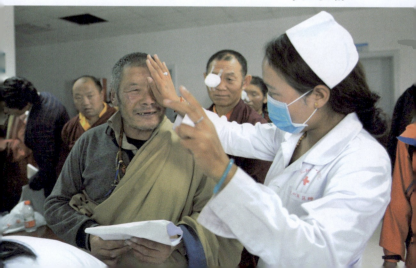

6

中国梦　中大情：三行情书集

你昌盛，落魄，只是一时，
我惊叹，哀惋，只是一瞬，
但我们傲骨不屈的中国魂，却是五千年的永恒。
——唐旭洋

你把这梦看得遥不可及，
你把自己看得无足轻重，
这"红专"的梦却把每一个你视作唯一。
——赵宽

梁锦聪◎摄

7
共筑中国梦

生于斯,
而逝于斯,
夕便吾国吾民恨然与史间。
——火山

揖一束鲜花,剪一段流锦,
于您音碟之年,
共祝福。
——陈云

林俊洪◎摄

鲲鹏展，
九州览，
一剑锋光天亦寒。
——梁汉榕

我们会无比地怀念此刻，
相信我走过的长路，
光荣与梦想就在身后，就在远方！
——林海

林俊洪◎摄

9
共筑中国梦

张明卓◎摄

让这个世界,
因为小小的我,
有个小小的改变。
——郑耀超

迷雾遮挡了星光,
但星辰一直在那里,
正如梦想在万物静默时分闪闪发亮。
—— Emerald

对了,
别因为你曾被灼伤,
就放弃梦的太阳!
——黄瑜锋

我需要广袤的天空,
而不是温暖的笼子,
梦,它不计代价。
—— K.R.

雷世菁◎摄

11
共筑中国梦

听,风吹过山谷,埋在枫林间的我的口袋;
静静不语,悄悄兜满一季的想念;
和露珠一起,活成了诗。
——谢林伊

青春,
有梦在追,
有疯狂的人在飞。
——小二蛋

李育瑜◎摄

林俊洪◎摄

梦给了我一叶扁舟,
梦给了我一夜星空,
摇曳,轻风。
——陆梓键

我祈祷拥有一颗透明的心灵,
在人生绵亘不息的长河中,
只愿岁月静好,静待花开。
——老翰

13
共筑中国梦

林俊洪◎摄

我的梦想很大,别人都说是白日梦;
就算我用白天做梦,
也会用一整个夜去实现!
——周诚智

到哪去找一个血脉相连的地方寄托涓如流水的思念,
到哪去找一个文化辉煌的地方寄托与生俱来的骄傲,
是这片国土,我的归属,永不疏离。
——李理兮

用一种方式表达对祖国的爱,
我会用傅里叶交换,
在流动的时间里找到永恒。
——林仲懿

你唱最炫民族风,
我做美丽中国梦,
同心共筑新长城!
——李庆双

栾小燕◎摄

践行价值观
Jianxing Jiazhiguan

为社会主义核心价值观而歌
李庆双

美丽的祖国,令人向往,
文明,是您不懈的追求,
富强,是您百年的梦想,
和谐的音符四处奏响,
民主之声令您焕发荣光。

美好的社会,令人神往,
人们站在平等的土地上,
呼吸着自由的空气,
法治的天平巍然耸立,
公正的旗帜在风中飘扬。

友善的人们,令人怀想,
爱国的血液在心中流淌,
诚信的风尚,
如花一样溢满芬芳。
敬业的精神地久天长。

17
践行价值观

关键词一：富强

练金河◎摄

国强生盛世之风，
人和蓄进步之势，
法治绝不公之气。
——姚敏琦

国家同心齐奔漫漫富强路，
你我携手共筑泱泱中国梦。
——李晓智

富以济天下，强以护苍生。
——冯芳玲

百年变法、维新、革命,筑中国富强之路;
千载耕耘、经营、奋斗,孕华夏文明之根。
——朱佳方

国之富强在于民之智,
国之富强在于民之德,
国之富强在于民之行。
——赵嘉婷

丘瑞香◎摄

19
践行价值观

吾辈自强,立心天地。
你我担当,立命生民。
炎黄有为,万世太平。
——庄一宏

聚文明之星火,耀九州之华光。
——何宇晴

携埙奏篪,伯仲叔季中国梦;
弹琴抚瑟,鳏寡孤独道大同。
——杨晓婧

梁钦业◎摄

张旭华◎摄

披荆斩棘把国建,风云兼程把潮掀;
脚踏实地踏繁荣之阶,团结奋进走昌盛之路;
勇闯惊绩震世人,强大之路国旗闪。
——梁秋敏

策马奔腾建功业,巨龙苏醒立东方。
——郑雪怡

21

践行价值观

甘嘉裕◎摄

你走爱国爱党爱民路，
我行敬业守岗好学风，
携手共创中华梦！
——孔莉

同饮自由珠江水，共唱和谐中华音。
——朱健

关键词二：民主

民主不是为民做主，而是人民自觉自主！
——梁春节

国家者，予之富强，寄之民主，创之文明；
为民所需，为大国也。
——余婷

民主的鲜花开在素质的枝头，
法治的大厦建于自律的基石。
——刘丰

黄振超◎摄

23
践行价值观

民为根本,顺乎民方能为有本之木。
——文嘉欣

民主为建设国家之基石,
文明为建设国家之内涵,
富强为建设国家之目标。
——陆云洋

陈娟◎摄

中国梦　中大情：三行情书集

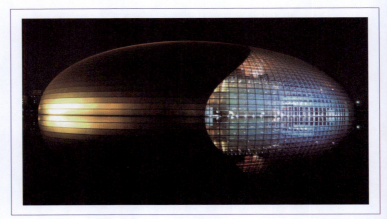

黄伟明◎摄

国家，以民为本；
人民，以信为尊。
——郑丹媚

坚守民主的政治本色，牢筑和谐的宗旨理念，
笃定爱国的价值追求，严遵诚信的道德操守。
——路嘉豪

关键词三：文明

文者，彬彬有礼，谦谦和和；
明者，清清白白，坦坦荡荡；
文明者众，则一国安宁，乾坤朗朗。
——王㫿

文明，仅仅是离垃圾桶更近一步。
——黄靖雯

车厢再挤，也为文明腾席。
——温凯颖

陈碧云◎摄

足下留青,口下留情。
留出一米风景,留出一片风情。
——何娅茜

诚以待人,信以和邻。
文以存道,明以平世。
——郑季阳

马建生◎摄

27
践行价值观

文传和美,明扬谐好。微歌善德,博颂良行。
——吴玲志

文以明,明则谨,谨致行,三思后。
——郭枫

文明之于国家,正如饮食之于肉体;
诞则同启,毙则同息。
——刘泽龙

何洁冰◎摄

文明伴身，心不染尘；
凡道笃行，厚德载物。
——高雅丽

文明，就是人们把遵守道德准则
当作像呼吸一样的无意识行为。
——郭嘉敏

陈岗◎摄

29
践行价值观

关键词四：和谐

李永乐◎摄

国之和兮，必以"禾"予"口"，即为衣食不愁；
家之谐兮，力求"言"由"皆"，即为畅所欲言；
衣食不愁兮，畅所欲言兮，和谐自来。
——霍兆亨

以诚信待人做事，以友善悦己怡人，
以和谐凝心聚力；
立诚信，扬友善，创和谐，共圆梦。
——郭爱华

知书达礼,传承先秦风雅;
和而不同,兼采魏晋风流。
——张惠琴

知人文,明道德,与人和,谐天下。
——樊晓澜

和风至处,春意自生。
——李延欣

林尔坚◎摄

31
践行价值观

兴廉政之风,树浩然正气。
立为民之本,创和谐社会。
——林东生

禾菽丰登,食以糊口,言由心生,
皆大欢喜,为和谐也。
——李昀柏

要使丰穰粮满仓,务实苦干不傍徨。
和谐社会协声调,物阜邦强福自偿。
——吴杏天子

林英杰◎摄

张湘民◎摄

和谐社会,从一个友善的眼神开始。
——郑丹媚

华夏文明,以公为先;
和平崛起,方针不变;
一国两制,携手向前;
睦邻友好,共创发展;
和谐创新,中国梦圆。
——郭爱华

关键词五：自由

人生一世，欲其所欲而不相涉他人，
方无愧于心，所以自由；
国之一事，不过在野汲汲，在位孜孜，
万民皆自由耳。
——韩乾

自由是位狂放的舞者，
只在法治的舞台上表演。
——陈晗嫣

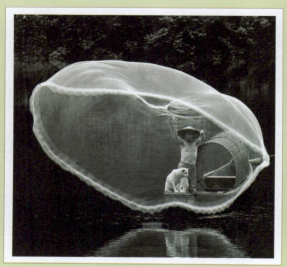

罗永明◎摄

九十载风雨兼程,不忘家国天下自由民主;
又一代风华正茂,尤冀校园社会文明诚信。
——朱健

礼仪之邦,华夏沃土。
自由法治,民族未来。
九州和谐,中华圆梦。
——庄一宏

王琴◎摄

35
践行价值观

青年应以国家富强为理想抱负,
以诚信独立为行事标准,
以自由博识为价值体现。
——雷婕

自由当歌,歌以咏志;民主作文,文以抒怀。
——冯芳玲

林俊洪◎摄

吴佩蓉◎摄

乘自由之风,扬致知之气,行振中华之志。
——谢红

插上自由之翼,乘驾文明之风,共筑和谐长城。
——韦泽林

37
践行价值观

自由,不是肆意的放纵奔腾,
而是法律护航牵绊的张翅飞翔。
——黎雪玲

社会的真正公正,不是个人自由与
国家法治在天平左右的机械平衡,
而是整个国民意愿的统筹考量。
——江鑫

陈岗◎摄

关键词六：平等

陈少飞◎摄

享民主求平等共创国家之强盛，
尚文明守诚信共继民族之风骨。
——郝婕妤

平等是社会之石基，
公正是社会之天平，
法治是社会之卫剑。
——朱俊豪

和谐之社会，需自由之基石，平等之氛围，
公正之规则，法治之自觉。
——朱扬华

全民共享，权力共赏，责任担当，成果共创。
——付乐

你我伫立天平两端，筹码再多，
人格的重量也永远相等。
——朱慧

孙小柔◎摄

公持法度，平待众人；诚意立信，社会栋梁。
　　——李博涛

以人人平等治邦，因思想自由致强。
　　——肖佩瑶

给心灵一个平等的机会，给世界一份友善的期待。
　　——卢笑迎

郝雅娟◎摄

关键词七：公正

刘李云◎摄

公平道义沁人心，正大光明尤可亲，
法不徇私众所盼，治蝇打虎奏佳音。
——张洋

公平是尺，丈量人心是非；
法治是秤，衡度国家进退。
——卢笑迎

陈岗◎摄

风清气正安天下社稷,诚信笃行颂华夏鸿篇。
——陈毅波

竹以直为美,人以正而尊,国以公长立。
——周晓君

用公正搭建民主阶梯,以法治铸造反腐利剑。
——区芷萍

43

践行价值观

有容有让谱友善之曲,不偏不倚树公正之风。
——余昌达

待人处事,有所敬畏,
心怀准则,不偏不倚,
此谓公正。
——钟君

余志◎摄

法治，是调和社会天平上重重矛盾的砝码；
公正，是拨开社会人心里层层阴霾的清风。
——李蔼欣

公正的天平必添上法治的砝码。
——龚墨宁

李思泽◎摄

关键词八：法治

陈伟◎摄

依法治国，以德安民；以和固邦，以安平定；
以富兴家，以知扬名；以诚兴人，以善待人；
爱我中华，责在人人。
——莫芸芳

国要法制，依法治国方得民心归顺，屹立世界；
家要和谐，发扬家风方可弘扬传统，代代精良；
人要友善，朴实良方。
——段金硕

法治是颗"铜豌豆",
枭雄蒸不烂、富豪捶不匾、权贵炒不爆。
内核是法令,风骨是严肃,信仰是公正。
不为金钱谄媚,不为权位屈膝。
百人一味,一视同仁。
——胡志豪

打虎驱蝇,彰显反腐之力;
崇廉尚俭,尽现和谐之光。
——刘晓迪

陈少琼◎摄

47

践行价值观

法治是针,自由是线,共绣社会锦图。
——罗朝珊

以人治国,人性如风,变化复杂,难以持久;
以法治国,法制如钢,坚而有力,得以始终。
——张诗琳

祖国需要一缕和谐之光,社会需要一泓法治清泉,
青春需要一份脚踏实地。
——陶韵如

王琴◎摄

中国梦　中大情：三行情书集

李瑞麟◎摄

自由与法治是两只翅膀的飞翔，
缺了哪一只，
都不能在天空划出优美、和谐的弧线。
——罗东鹏

若视法律为自由之枷锁，其人必将匍匐不前；
若视法律为自由之翅膀，其人必将翱翔苍穹。
——吴瑞龙

从法制到法治，彰显理念进步，制度进步，社会进步。
依法治国，把权力关在制度的笼子里是通往更民主社会的重要桥梁。
——刘俊杰

49

践行价值观

敬业不易利于己,法治难行利于国。
——宋兴艳

以律法之严谨,圆法治之理想。
——杨璐

只有踏着法治的阶梯,方可达到自由的高点。只仰望、叫嚷并无作用。
——黄均豪

马建生◎摄

关键词九：爱国

张湘民◎摄

身居康乐园，心怀中国梦；笃行中山路，志在中华兴！
——梁春节

以爱国之心，包容五湖四海；
以匹夫之责，凝聚华夏各族；
以赤字之诚，共创九州和谐。
——蔡巧辉

爱国敬业，崇文尚信，铸国之魂、立民之魄；
亲民友爱，勤行致远，许民以富、报国以昌。
——方群程

51

践行价值观

容国濂◎摄

爱国者尊,敬业者乐,诚信者直,友善者亲。
——陈晓琳

历史年轮碾过秦时明月汉时关,碾过南朝烟雨北朝魂,
却始终碾不碎,那浓浓的爱国情。
——黄钰琦

光耀千秋,荣纵万载,九州之梦驰骋万里,
华夏之歌洪穿天地,我心灵魂与你同在。
——梁秋敏

万里山河壮我骨骼,五千春秋强我精神。
时代变迁心永系华,国忧国难毅然赴之。
——徐思鸿

也许前路飘渺,但是未来光明,
愿以吾等有志之士之躯,铸中华之魂。
潇洒踏歌行,今朝且看我辈。
倜傥逐梦飞,明日再盼来人。
——刘志航

以我青年志,报国未完梦。
——郭嘉敏

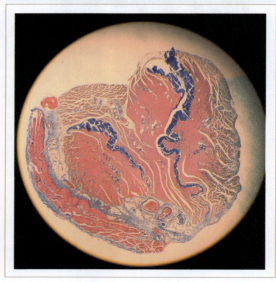

黄喜军◎摄

53

践行价值观

七尺微躯酬家国,一腔热血报九州。
——朱川东

黄河水带走心中沙,青藏山立起凌云志。
——陈晗嫣

十六字令,寸土寸金,国峦嶂,巍巍瀚海渤,我疆土,岂容贼寇夺。
——吴杏天子

陈伟◎摄

卢赟凯◎摄

浅薄的人注视着自己的名字,
睿智的人关注着国家的事业。
每个人的名字前都披上的国家这一神圣的"姓氏",
人民与国家一荣俱荣、一耻俱耻。
——吴晓雯

游子的爱国情怀藏在浮云与落日,
就像每一个我们,脚踏着这片深沉的黄土地,
默默耕耘,心照不宣。
——肖燕浩

55
践行价值观

中国缘，缘起今生；爱国情，情定一世。
——黄钰琦

萦结碧血情，悬照赤子心。
——朱川东

马建生◎摄

王琴◎摄

立足本职,不辱使命;
空谈误国,实干兴邦;
以人为本,蔚然成风;
相信明天,鲲鹏展翅;
华夏之邦,傲然屹立。
——蔡松涛

浩浩中华,炎黄裔胄,源远流长,
同心同行,共筑盛世。
——张灵颖

关键词十：敬业

一颗兢业心，筑美丽新家园；
万家暖灯火，映璀璨中国梦。
——杨可楠

爱吾之邦，敬吾之业，
守吾之言，善吾之友。
——郑雪怡

陈岗◎摄

敬以立业,业有难易巨细,坚持不二诚以待人,
人无高低贵贱,贯之如一。
——沈开慧

居平凡之位,守敬业之心;
籍敬业之心,成爱国之志。
——蓝娟

坚持,是锲而不舍的执着;
坚定,是滴水穿石的意志;
坚守,是风雨无阻的信念。
——林恬恬

王琴◎摄

59
践行价值观

敬业乐群,放飞美丽中国梦;
讲信修睦,心怀华夏儿女情。
——白冰

敬名探国志,业盛勋华德;
诚知有道理,信宿百余里。
——郑大超

爱一行做一行是人的运气;
做一行爱一行是人的能力。
——王雎

梁锦聪◎摄

每一次坚守，都是一种付出，
每一种付出，都是一种责任，
每一种责任，都源于敬业。
——陈菲菲

博学法律知识，审问个人道德，慎思自己行为，
明辨是非善恶，笃守职业操守。
——林涛

何洁冰◎摄

61
践行价值观

成大事者,志坚如山,性韧如水,
纹丝不动,流深无声。
——邵嘉敏

蜡炬成灰方为明,春蚕吐尽始做丝。
把最美好的青春播撒在希望的田野,
把最炽热的心血浸注给崇高的事业。
——张琪

黄威◎摄

邱湧涛◎摄

敬业者,明职责之目标者也,乐工作之积极者也。
——杜钰莹

不卑不骄,敬业以心;至臻至美,敬业以情。
——郑冰冰

敬业就是干一行爱一行,甘于平凡,铸就非凡。
——潘俊杰

关键词十一：诚信

学诚知信走坦荡之路，
思正言洁跨四面八方，
笃行磊落耀中华之光。
——梁秋敏

诚为基，善为筑。诚则明，善则通。
——潘璐

马建生◎摄

诚,如山之基;信,如人之足。
无诚,则山不成;无信,则人不立。
——赵炜

唇为纸,齿为笔,书写美德;
言为水,语为光,养育良知。
——郑冰冰

无轻诺,必有信。
——朱川东

甘嘉裕◎摄

65
践行价值观

立有信之本,站稳脚跟;务踏实之事,
尽心本责,表心诚之言,交结真情;
怀求真之心,明辨真理。
——林东生

信存本,信立身;信达天下,信壮国门。
——雷若倚

陈岗◎摄

诚不可丢,丢不容身;信不可失,失不再来。
——许文婷

人无信不立,国无信渐衰,爱情因信而甜蜜,家庭因信而和睦,国家因信而繁盛。
——唐珊

言有诚事方成,人守信才敢言。
——何灏正

陈娟◎摄

67
践行价值观

人言为信,善言善行。
——赵文丽

以勤成就事业,以诚凝聚人心。
——郑丹媚

诚不负人,信不负己。
——樊晓澜

王荣新◎摄

诺则不悔,言必行之;诚以待人,信为立本。
——邱梓喆

诚作鸿信,信然风成。
——林雪芬

诚信与责任同在,法治与发展共存;
法治与安定同在,诚信与文明共存。
——路嘉豪

王琴◎摄

69
践行价值观

珍藏诚信的品质吧,它是人生的第一张名片。
——潘怡彤

人有信而立,国有信而强。
——郑雪怡

诚信是沟通心灵的桥梁,
善于欺骗的人,
永远到不了桥的另一端。
——杨连宾

王琴◎摄

关键词十二：友善

执善书而读，择善行而从，
知善言而悟，得善人而友。
——张灵颖

行以善、待以诚、处以和，
和谐强国，国富家泰春永驻。
——方群程

博学慎思学问而不止，明辨笃行探求以至善。
——方群程

马建生◎摄

71

践行价值观

陈石顺◎摄

诚者守约人恒信之,谦者明礼人恒敬之,
善者友爱人恒亲之,德者崇高人恒尊之。
——邵嘉敏

友善是处世之基,毫无友善的人便如同黑夜行舟,
注定孤单而绝望;
诚信是立命之本,失去诚信的人就好像折翼飞鸟,
终会无助而迷惘。
——林云鹏

王琴◎摄

以友善之心会友,以诚信之德待人,
以敬业之情护岗。
——康奇玲

以诚信培土,用文明修枝,
手捧真情之水,浇开友善之花。
——陈梦兰

行善事,友待人,诚守信,谦明礼。
——邵嘉敏

73
践行价值观

谦虚有礼,推己及人,与人为善,会心前行。
——林东生

快乐之短,在于仅乐己之所乐;
生命之长,在于亦思人之所忧。
——邵嘉敏

你的友善一抹笑意,我的心底一抹暖意。
——罗岳莲

王大清◎摄

一来一往存善心,一点一滴显真情。
——杨子苗

志愿服务献爱心,互帮互助表真情,
团结友爱乐善行。
——殷敏

待人如友,善行自流。
——杜钰莹

梁钦业◎摄

75
践行价值观

以友善的心接人待物,以平凡的情连接世界。
——路嘉豪

内诚正心,外信诺人,远友四方,近善众生。
——沈开慧

为人友于行,与人善在心。
——陈诗菁

王琴◎摄

瞿俊雄◎摄

心友善,所以世界友善,
冬雪飘落,温情仍驻胸怀。
——司炯旭

兼济天下是为富,上善若水谓之强。
——武瑶

相逢一笑,同心以待,友善之始,和谐至臻。
——张诗琳

心怀中大情

Xinhuai Zhongda Qing

让生命发出最美的光芒
李庆双

让生命发出最美的光芒,
青春是最美好的时光,
蓝天白云下,年轻的心在飞扬,
我们充满向上的力量。
你仰望梦想的星空,
我托起希望的太阳,
我们走在爱的路上。

让生活开满花的芬芳,
大学是最美丽的时光;
红墙绿瓦旁,激情的旋律在奏响,
我们充满向善的力量。
你仰望梦想的星空,
我托起希望的太阳,
我们走在爱的路上。

心怀中大情

（一）学生作品

在远方的薄雾里，
岁月细碎得喘息，
而你依旧根深千里。
——黄意舒

我想把青春的唱针搭在你的年轮上，
细细聆听，
那九十年的时光。
——苏炜

练金河◎摄

中国梦　中大情：三行情书集

当恋上你古老的红砖苍翠的绿瓦，
当迈着博学审问慎思明辨笃行的步伐，
便只愿化为流沙静躺珠江底陪你恭候春夏的轮替。
——毛星星

岁月使你氤氲着秋天般的沧桑，
而我对你的心，
却仍在春天流转，妙如初恋。
——刘瑜洲

张友华◎摄

81

心怀中大情

四年匆匆,来不及认识你;
还好,来得及在心中,
留住了你。
——无名

If you fall in love when I do not fine,
If I get love when time gone by,
If let it flow, time give us a line.
——吴榕

陈少波◎摄

滑过花间的晨露,是我双眸闪烁的泪光;
黎明时我将消融,
为天地送去你醉人的花香。
——王玉盛

别人只艳羡您现时的明艳,
可我爱上的,是您在深夜的橘黄灯下,
高高的书卷前,阑珊了的身影。
——王玉盛

江丽瑜◎摄

83

心怀中大情

青春是人生的驿站，
可那些陪伴着我的人儿，
你们，从来不是过客。
——王玉盛

年复一年的努力，
书卷泛黄的不停息，
只为由北国到南国的与你相遇。
——贾紫倩

钟剑青◎摄

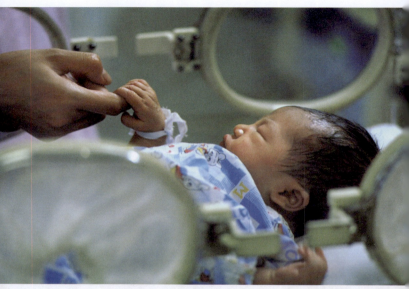

沈靖南◎摄

汝若爱吾,吾不知;
吾若爱汝,情已迁;
此去经年,人未变。
——吴榕

还来不及回味曾经的美好,
我们就此告别,
这青衣白马的年华,因为有你才完整。
——王玉盛

85
心怀中大情

王敏琴◎摄

九十年,
红砖都老了,
可梦还很年轻。
——刘弋靖

抵达中大,我不会停歇;
因为在这里,
我学会眺望更远的远方。
——明朗

陈凯◎摄

你在我眼中,
我在你怀里,
爱在心里。
——王思宇

爱,
执子之手,
信步春秋。
——潘淑仪

87
心怀中大情

曾经你是我遥不可及的梦,
而今我在你的怀抱中成长,
才发现,我有多么幸运选择了你。
——小瓦

若不是当初的心心念念,
我又怎能,
投入你的怀抱。
——大米

林俊洪◎摄

林俊洪◎摄

在这里的三千万秒,
不断遇见未知的自己,
皆因你的自由与内涵。
—— Wendy

你额上的月,
又偷偷移了一格,
把我思念的目光温暖。
——姚敏琦

89

心怀中大情

飞来的木棉花瓣,
寄来了游子赤诚的怀念,
诉说着桃李成蹊的芬芳祝愿。
——陈宏敏

讲台上(45×3)个分钟,
课前,
45分钟 × 无数个准备的晚上。
—— Nomen

陈秋琼◎摄

中国梦　中大情：三行情书集

林俊洪◎摄

在满树的浓荫中我看见了你，
在墙角红砖的缝隙中我发现了你，
此刻我抬起头，看见整个世界的你。
——Rimuqi

我向左而你往右，
或许真的是要穿越世界，
我们才能牵手。
——静

91
心怀中大情

陈少飞◎摄

我想你的夜,像一柄风雨中摇曳的明烛;
一边煎心,
一边衔泪。
——灵徐

翻过记忆的墙,
满心欢喜,
而你已在风中走远,留下蹒跚背影。
——安桉

当有你成为一种习惯,
我只是怕,
没有了你,我不可以。
——陈倩莹

一个转身的距离,
却总是,
用时间来填补。
——Island

林俊洪◎摄

93

心怀中大情

在我遇到你的那一刻,空间发生了扭曲;
别人都成了背景,
而你是世界的中心。
——陈建汉

曾经,大手牵起小手,世界大了;
后来,小手长成大手,世界小了;
现在,挽起你颤颤巍巍的手,那是我世界的中心。
——Starry

彭福祥◎摄

林俊洪◎摄

我们构建着不同维数的矩阵，
求和不曾拥有定义，
直到经历了一场名为高考的转置。
——谢智晖

岁月的叶，遁不过秋天的离别；
唯独你，
渗透所有季节。
——蔓草

95
心怀中大情

思念是影子,
没有光的时候,
便是梦魇。
——冯巍

一是我,
二是你,
三是你在我心上。
——林嘉祥

张湘民◎摄

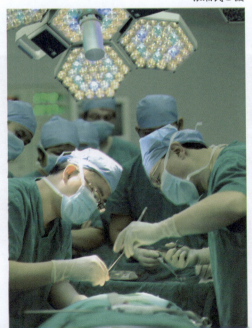

红墙边的等候，
绿瓦下的相约，
芳草间的甜蜜。
——罗奕文

从来三杯两盏，
觥筹交错，
一生戎马转头空。
——小米

廖日昌◎摄

97

心怀中大情

你的一个微笑,
我的寒冬,
便已融化为春。
——吕彪

夕阳看我在逸仙路的尽头寻觅。
钥匙丢落在青青的草地里。
等我打开康乐园的记忆。
——王玉平

Sky ◎摄

兜兜转转，寻寻觅觅，
遇见你，
才是唯一的答案。
——致中大 韦泽秦

月如钩，飞花似雪；
你的微笑，
从此，寂寞了我半生的情事。
——林陌黎

Sky ◎摄

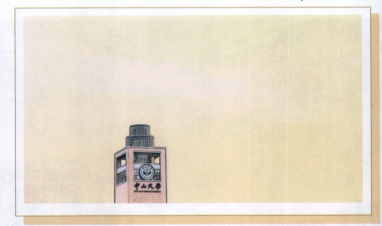

99

心怀中大情

曾经温暖离我如此近,
待我回头,温暖却被死亡冷冻成冰,
倾尽我一生发现,原来活着就是一切。
——黄婷

你不会走向我,
但是没关系,
春天会。
——张洋

朱姝◎摄

中大学子◎摄

或许你觉得我的人生没意义,
可我把生命留在那些幸福瞬间,
已足矣。
——邱铭蓉

无论再遇见多少明媚的女子,
都寻不回那份最初的悸动,
我闯入别人的围城,留下永远的殇。
——彭秋平

101
心怀中大情

Sky ©摄

良知的种子,
需要思想洗礼和道德拷问,
来使其复活。
——万芳彬

历史的阡陌中,
穿越千年的吟唱,
仍在耳畔回响。
——魏煜佳

（二）教师作品

齐心同植校友林，
难忘你我校友情，
博学博爱款款行。
——陈绍斌

六月时节，
今日一别，
我们是青春回忆中最靓丽的星辰和阳光。
——胡舒立

程慧华◎摄

103

心怀中大情

挺拔的松,飘逸的柳;
比肩而立,
守护爱的最美姿态。
——林滨

小草因露珠而可感动,
天空因云朵而可爱,
生命因你而精彩!
——钟一彪

Sky ◎摄

金石之质如你,白驹过隙如我;
选择你成为我永生永恒的烙印,
唯愿化作你记忆中的一抹绿意。
——罗晶

我的青春,
在您似水的光阴里,
斑驳了红墙绿瓦的记忆。
——刘洁予

孙书雨◎摄

105

心怀中大情

陈少飞◎摄

九十年风雨洗礼,康乐的草黄了又绿,
轻抚岁月的痕迹,
你添了峥嵘,我添了挂记。
——于灵子

书山上享校园美景,
隐湖边听学子书声,
激扬青春绘出美丽中珠新面貌。
——殷敏

相逢何必相识，
相识可以相知，
相知还须相惜！
——李庆双

储存大山的秀美与灵气，
将爱与情打包，
为你专送力量和勇气的邮件！
——林敏敏

詹骞◎摄

107
心怀中大情

秋水苍苍,白草茫茫,
你不在水的一方,
在天的一方。
——李庆双

看过了岛屿、鲸群、史前的遗迹……
我回到我的旧居,
掸去灰尘一样拂去你落款的老地址。
——冯娜·给你的信

唐碧英◎摄

林俊洪◎摄

春夜的琴弓,
在每一棵树上拉出朵朵音符——
樱花啊樱花。
——冯娜·樱花

光在时间里走,
途经的林荫,
把金黄的声响交给那黑暗。
——冯娜·风铃木

心怀中大情

为什么会想到灵魂的形状?
像弯曲的鹅颈,
紧密的细毛覆住了战栗的声腔。
——冯娜·天鹅

我并不比一只蜜蜂或一只蚂蚁更爱这个世界,
我的劳作像一棵偏狭的桉树,
有时我和蜜蜂、蚂蚁一起,躲在阴影里休憩。
——冯娜·劳作

林俊洪◎摄

（三）留学生作品

林俊洪◎摄

来了广州的中大，
留恋美好的回忆，
希望这些欢乐的感情会永远留驻在我的心里。
——（泰国）刘丽慧

中大是我的青春，
校园里绽放过的很多花朵都颓落了，
我的 20 岁也过去了。
——（韩国）崔宰恩

111

心怀中大情

中大是我的青春,
不知不觉地度过了四年的大学光阴,
辛苦了我!谢谢了中大。
——(韩国)孙景熙

在塔上望广大的羊城,
灰海里有孤独的绿岛,
中大的风景,学生的梦境。
——(美国)郝义言

练金河◎摄

你是中国人,我是外国人,
你的英语不好,我的中文不好,
没关系,这里是中山大学。
——(韩国)孙旼成

中大一年的学习和生活,
时间很短,但回忆却很长,
忘不了美好的一切……
——(韩国)智圭皓

林俊洪◎摄

113

心怀中大情

林俊洪◎摄

我俩相遇,
从未预告,
就那样开始了。
——(韩国)姜甫烈

现在做什么都要交钱,
有的价格高,有的价格低,
只有一件事做多做少都是免费的,那就是做梦。
——(泰国)张秀文

以前我不知道中国,
但来广州以后才知道中国,
所以我每天很幸福。
——(韩国)金泰原

不能承诺任何的未来,不能给予公主的对待,
但只能陪你到最后,你走的那一刻,
我的时间就停了,我就在那一刻睡着等着你。
——(韩国)郑在佑

林俊洪◎摄

115

心怀中大情

你不在旁边,电影看得都无聊,
你不坐在一起,餐不好吃,
没有你的笑脸,我的生活没有意思。
——(日本)龟田千鹤

经过红砖的密林,走过数不清的小径,
冷不丁,
两个人充满了感情。
——(俄罗斯)艾莉

张友华◎摄

人生就像一本书,
有些章节是悲伤的,有一些快乐,一些令人兴奋的……
但不看下一页,永远不知道下一章节会带来什么。
——(哥伦比亚)安娜

对着考试前紧张的我,
你说的那句"加油",
又让我心跳多出一分。
——(泰国)陈蜜蜜

黄滨◎摄

117

心怀中大情

爸爸做的唯一一道菜,
鸡蛋炒面,
比什么都好吃。
——(印度尼西亚)陈玉玲

我们不知道在身边空气的珍爱,
没有空气的话我们不能呼吸,
父母的存在就像空气似的。
——(韩国)高俊

林俊洪◎摄

杜靖◎摄

只要还有记忆力,过去就不能改变;
只要还有希望,明天就可以越过;
只要还有朋友,每天就幸福。
——(泰国)贾静菲

你不知道我,我多么想你;
你不知道我,我多么爱你;
如果没有你,我怎么生活?
——(韩国)金志娟

119

心怀中大情

生命有太多的意义,
浪费时间就是自杀,
尽量过快乐、健康、有益的生活。
——(越南)莫红妙

辣苦酸甜,
是人生的考验,
你"吃"越多这四个味道,你离你的成功越近。
——(越南)阮黄龙

梁剑芳◎摄

无论你在天涯海角,
我的爱都会陪着你,
我心中有你,你身边有我。
——(泰国)翁荣荣

会说很多种语言,世界如家乡;
什么语言都不会说,世界如陌生地方;
人生掌握语言,就掌握世界。
——(印度尼西亚)郭粤基

林俊洪◎摄

黄滨◎摄

因为你在，我感到大放异彩；
很幸运能让你快意，
否则我从来不知笑能停止转动地球，
一眼让我的世界完美。
——（马达加斯加）玛丽安娜

你哭，我伤心；
你笑，我开心；
你爱，我真心。
——（泰国）幸运

无论你在哪,我都在你身边;
无论你怎么样,我都陪伴你;
无论你爱不爱我,我都一直爱你。
——(泰国)幸运

技术让世界从大变小,
交际不复辛苦,只有手指,
我们会更容易忽视旁边的人。
——(泰国)陈珍俐

林俊洪◎摄

心怀中大情

林俊洪◎摄

旁边的人,旁边的物;
不懂珍惜,不够关心;
一旦失去,说想说爱都无用,只怪自己没用心。
——(越南)张绮薇

总是有人会更漂亮,总是有人会更聪明,
总是有人会更年轻;
但她们永远不会成为你。
——(蒙古)石磊

(四)卓越记者的三行诗心

绕过幸福的旋转门,
以梦为马的我,
依然在路上。
——徐金琪(中央电视台社会与法频道记者组组长)

为了归来而离去,
江湖之远,
彼时当年。
——叶伟民(南方周末报社 资深记者)

中大学子◎摄

朱姝◎摄

把井掘得更深,
在自身中,
坐观星辰。
——袁凌(博客天下杂志社　资深主笔)

每天清晨,叫醒你的是什么?
是鸟鸣,还是花香?
在中大,叫醒你的是成长的力量和青春的梦想!
——王欢(华商晨报　时政报主任)

这纺锤树底的，
青春男女，
烟花星绽苍穹的璀璨记忆。
——刘建锋（独立记者）

紧随学子的匆匆脚步，
时光出现了倒流，
透露了生命时光的密码。
——谢湘（中国青年报资深记者）

朱妹◎摄

（五）校友作品——博学樱花感恩园三行情书

纸木同源，形态万千，
源于生命的力量，坚定、柔和；
源于生命的作品，化繁为简，总有惊喜。
——潘乐辉

日出而作，日入而息，
逍遥于天地之间，
而心意自得。
——方式庄

林俊洪◎摄

似水年华,静静流淌,
滋润着我们斑斓的时光,
带着所有人的祝福,向着成功的方向起航!
——朱彤

千里之外的遇见,
相知相惜,
是为了一生的守候。
——李东方、汪莉

彭志刚◎摄

129
心怀中大情

许健◎摄

因书而理,以慈怀道;
因缘而聚,以诚相对;
因爱而为,以德配物!
——肖华

植根于中大沃土,
把依恋的心儿留下,
盛开的樱花里,饱含对母校的感恩和报答。
——总裁四班

人生没有如果,只有后果和结果;
不是每一次努力都会有收获,
但是,每一次收获都必须努力!
——范铸瑜,范铸文

走过的每一条路,其实都是必经之路,
要记住你永远都无法借别人的翅膀,
飞上自己的天空。
——范梓殿,王敏

林俊洪◎摄

131
心怀中大情

我们愿倾注满满的爱,
期待你,
长成一树的繁华。
——山雁

姻缘中大,
博学博爱,
樱花留情,永存纪念。
——谢聪

孙书雨◎摄

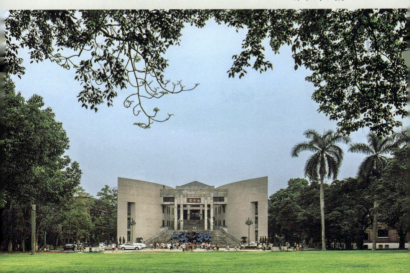

林俊洪◎摄

时光一直都在,
你是我一生的至爱,
我就在这棵树下永远等你!
——汤智涵

我坐在这里,有风吹过;
有花开过,有人经过;
莫名的念头,从心头飘过!
——伍卓萍

133
心怀中大情

每天醒来,
敲醒自己的不是钟声,
而是梦想。
——何敏,罗江

望着天上的星,
依着天上的云,
我爱它们的光华和晶莹。
——向华

林俊洪©摄

植物间的交流,以独有的方式;
或风或水或花,
我们以樱花为物语,期待我们的心灵触碰。
——W.M.

淡淡的绿,粉粉的红,小小的花;
这人间的烟火,这城市的春夏秋冬;
这满园的樱花十色。
——W.M.

程慧华◎摄

相伴走来,
爱如种子,
一路花开。
——刘小红

坐看云起,
细嗅蔷薇,
谈笑天涯同道有你!
——郭芷言

梁锦聪◎摄

王敏琴◎摄

樱,美木兮,如美人涂脂,温婉如约;
樱树其娈,贻予甘露;
滴水成泉,植树成荫。
——吴婕娜,刘倍彤

君子如玉,
玉如人生,
我们在这里相遇、相知、相融。
——美玉王妃feicui60,蔡溢萍

后记 ▎以文育人，以媒化人

我期许着，
期许着与你再相遇，
在斜风细雨里！
——写给李庆双书记（南方学院学生 林陌黎）

习近平总书记指出，培育社会主义核心价值观，要"以文化人"、"以文育人"和"以文服人"，强调要"润物细无声，运用各种文化形式，生动具体地表现社会主义核心价值观"。按照习近平总书记的指示，传播与设计学院在"以文育人"和"以媒化人"方面，探索出用三行情书和格言警句等传统文化形式，运用新媒体的表达样式，来表达中国梦和社会主义核心价值观等宏大主题。

三行情书有古老的东西方文化传统，易写、易记、易传播，符合微时代特征，深受青年学生喜欢。我院已连续多年开展三行情书活动，2014年结合中大90周年校庆，传播与设计学院联合学校党委宣传部、学生处、校团委、校工会和校友会等部门发起了"中国梦 中大情"三行情书征集活动；策划并承办了由学生处主办的社会主义核心价值观新格言观止征集大赛活动，这两项活动都获得校内外师生的积极参与和广泛好评，评选出许多优秀学生作品。我们把这些优秀作品做成展版，在几个校区巡展和传播,还把优秀作品结集成册,出版《中国梦 中大情——三行情书集》一书。由于活动的丰富性和影响的广泛性,我受邀先后在全省高校学生处处长研讨会、山东名师工作坊交流会以及全校辅导员工作报告会做专题发言,还有幸在小范围内向教育部思想政治教育司司长冯刚和学校党委书记郑德涛汇报我院开展的特色活动,受到各级领导和同仁的肯定与好评。"情传中国梦——三行情书活动"2014年荣获"广东省校园文化建设优秀成果特等奖",我也被评选为"广东省学生工作先进个人"。

《中国梦 中大情——三行情书集》包括"共筑中国梦"、"践行价值观"和"心怀中大情"三个篇章。"共筑中国梦"和"心怀中大情"是三行情书优秀师生作品的集锦,"践行价值观"是在社会主义核心价值观新格言观止征集大赛活动中选出的优秀作品。三个篇章都以我的一首长诗作为开篇,这三首长诗分别是《我们都有一个中国梦》、《为社会主义核心价值观而歌》、《让生命发出最美的光芒》,分别在学生公益活动论坛、社会主义核心价值观新格言观止征集大赛颁奖典礼和研究生星海音乐节上朗诵。

2014—2015年,关于三行情书的最新进展是:

第一,中山大学国际汉语学院在留学生中开展了三行情书活动。留学生同时用本国语言和汉语来写三行情书,尽管他们的汉语水平还写不出流畅和韵味十足的诗,但感情非常纯真和质朴。因此,书中选用了一些留学生的三行情书作品，并将一些作品悬挂在东校区三行情书林中，以彰显国际特色，也是对留学生的鼓励。在此，特别感谢罗晶副院长的大力支持，不但自己写诗，也推动了诗歌活动在学院中的开展。

第二，马克思主义学院于中大90周年校庆期间在研究生中开展了三行情书活动，还做成精美的书签作为留念，我也有幸获赠一套书签。感谢副院长林滨教授对三行情书活动的厚爱，她本人写了多首优美的三行情书，也直接推动了三行情书活动在学院的开展，故特选部分学生作品入书以作纪念。

第三，我曾受邀在赛书学堂讲如何创作三行情书，并以"一、二、三"和"红墙、绿瓦、芳草地"等几个关键词为题，让学生当场写作三行情书。这是我第一次教别人怎样写三行情书，对我而言，具有开创意义，也特别选了几首学生当场写的三行情书编入书中。

第四，我受邀在博学堂校友会的活动上谈如何写作三行情书，校长助理陈绍斌对三行情书十分热爱，不但亲自写作，还不遗余力地四处推广三行情书活动，直接促成了东校区校友捐赠的樱花林三行情书挂牌活动。在此谨向陈绍斌校助和博学堂的所有校友致以深深的谢意，书中也选用了部分校友作品。

第五，十分感谢著名诗人、我院院友、东校区图书馆馆员冯娜老师对三行情书活动的热心支持，她受我之托，写了几首优雅的三行情书并被选入书中以增其色。她还利用《深圳特区报》特约评论员的身份写了"植物情书"一文,为三行情书樱花林做了很好的宣传。

第六,最开心的是,在中山大学南方学院"夜话大学"大讲堂上,我以"诗意的人生和大学生活"为题,和师生一起分享三行情书的发展和创作,学生还即兴创作和朗诵三行情书,关于这次活动的通讯稿也编入本书。感谢南方学院副书记唐燕、学工办副主任乔国华和艺创系学工办主任林敏敏老师为此次活动牵线搭台。本文开头的那首三行情书就是南方学院的学生林陌黎在微信上写给我的,令我特别感动。

最后需要提及的是:非常感谢阎冰、陈谨及其所属的《广州青年报》以"最有才情的学院党委副书记"为题,对我的采访报道,给我以至高的荣誉,尽管我名不副实。还要感谢我院的几位驻校记者,他们也写了几首三行情书,拟将其编入书中并悬挂在学院的三行情书林中。最开心的是,我所住的嘉仕花园想打造文化小区,专门选了我写的三十几首三行情书,做成牌匾,挂在树上,非常感谢嘉仕花园管理处陈主管的努力和付出。

特别感谢颜光美副校长一直以来对我的工作的支持和鼓励;深深感谢学生处处长漆小萍、副处长钟一彪及学生处同仁给我提供的各种机会和平台;感谢学工系统各部门及各学院同事对我的关心和支持。感谢传播与设计学院院长张志安、书记王天琪,特别是几位辅导员同事和学生们的共同努力和支持。同样需要感谢的是学生处副处长林俊

后 记

洪、校工会李思哲老师所提供的优美的照片,感谢所有作品和照片的提供者。十分感谢中山大学出版社赵婷、林绵华两位编辑,为本书的出版付出了辛勤的努力!同样还要感谢的,还有我的家人、亲人和朋友,他们给了我坚实的爱与温暖。最后,还是以一首三行情书来表达我此刻的心境:

>　　相逢何必相识,
>　　相识可以相知,
>　　相知还须相惜!

李庆双　于康乐园
2015 年 5 月 20 日